Niveau 1

Colibri
l'ami des DYS

W0205356

SURPRISES EN CUISINE

Mymi Doinet • Julien Castanié

Belin
ÉDUCATION

Colibri

* Une collection sur mesure pour les DYS

- Colibri est une collection de lecture pour les DYS. Ses histoires ont été imaginées par des **auteurs de littérature jeunesse**, qui ont suivi les recommandations de l'équipe pédagogique et scientifique.
- Pour **faciliter la lecture du texte**, une grande attention a été portée à la lisibilité de la typographie, à l'espacement des lettres, des mots et des lignes.
- Pour **réduire la fatigue visuelle**, les livres sont imprimés sur du papier blanc cassé.

* Des ouvrages pour progresser en lecture

- Pour aider le lecteur à mieux décoder les **graphèmes** (lettre(s) transcrivant un son), Colibri propose **4 niveaux de progression.**
- Les **niveaux** 1 **et** 2 sont composés de 2 histoires courtes qui comportent des graphèmes simples et fréquents de la langue française ; les **niveaux** 3 **et** 4 sont de petits romans qui comportent des graphèmes complexes.

* Une approche pédagogique innovante

- Dans chaque histoire, un **graphème spécifique** est travaillé, afin de renforcer, par la répétition, la **fluidité** de la lecture et les compétences en **orthographe**.
- **Des activités d'échauffement** (p. 6-7 et p. 22-23) permettent de s'entraîner à lire le graphème pour préparer la lecture. **Un quiz** (p. 36-37) invite à vérifier la compréhension du texte.

* Des histoires pour découvrir le plaisir de lire

Sous la direction scientifique de **Christiane Soum-Favaro** et de **Mélanie Jucla**, maîtres de conférence, assistées de **Clara Solier**, doctorante, département des Sciences du langage de l'université Toulouse 2-Jean Jaurès.

Sous la direction pédagogique de **Caroline Delattre**, directrice d'une école élémentaire adaptée aux troubles de l'apprentissage DYS et administrée par l'association Système DYS.

Pour en savoir plus, rendez-vous sur le site **colibri.belin-education.com**

Loi 49-956 du 16 juillet 1949 sur les publications destinées à la jeunesse

ISBN 978-2-410-00143-3 • ISSN 2551-8674

Sommaire

Le mystère des macarons

ENTRAÎNE-TOI

À LIRE

Je lis des syllabes

1 *Lis chaque syllabe à voix haute.*

bon	mon	non	ron	son

2 *Lis ces syllabes de plus en plus vite.*

Je lis des mots

3 *Lis chaque mot à voix haute.*

avion	melon	glouton
lardon	raison	grognon

4 *Trouve 5 mots finissant par les lettres* **on**.

Je lis des phrases

5 ***Lis chaque phrase à voix haute.***

Gaston est le champion
des macarons.

Son chaton Polochon ronfle
sur l'édredon.

Gaston doit repasser
son pantalon et son veston.

6 ***Relis chaque phrase en tapant du pied quand tu entends le son*** **on** ***écrit*** **on**.

Le mystère des macarons

Gaston Calisson est un très bon pâtissier. C'est même le champion des macarons ! Sa boutique est le palais des gloutons : macarons au citron, macarons au melon, macarons au brugnon… Il y en a pour tous les goûts !

Une telle réputation demande beaucoup d'organisation. Dès l'aube, Gaston saute de son lit et s'active à ses délicieuses préparations.

Pendant ce temps-là, que fait Polochon, son chaton ? Ronron ! Il ronfle sur l'édredon de Gaston.

Ce matin, le pro des petits gâteaux est en pleine fabrication de sa nouvelle recette de macarons aux marrons.

Soudain, il reçoit un drôle d'appel :
– Allô, il me faudrait cent macarons aux lardons, et cent au saucisson ! Soyez prêt à onze heures. Vous ferez la livraison.
– Quelle sera ma destination ?
– Vous verrez bien. Pour cette occasion, mettez votre plus beau costume. Et attention ! Repassez bien votre pantalon et votre veston !
« Quelle étrange commande ! » se dit le pâtissier en raccrochant.

Pensif, il tire son cher Polochon de son roupillon :

– Que ferais-tu à ma place, mon chaton fripon ? A-t-on jamais vu des macarons salés ? Pourquoi pas des macarons aux champignons ou au reblochon, tant qu'on y est ?

Polochon bondit de l'édredon et file s'étirer sur le balcon en miaulant :

– Ronron ! Cesse d'être grognon, tu me mitonnes bien des bons petits croûtons au saumon !

– Tu as raison ! convient Gaston.

Vive l'imagination !

Et sans plus de discussion, le pâtissier farcit ses macarons aux lardons avec de la confiture au poivron. Puis il parfume ses macarons au saucisson avec des rondelles de cornichon. À onze heures pile, la cuisson est à point !

Juste à cet instant, une voiture rouge vermillon klaxonne devant la boutique de Gaston. Le pâtissier charge avec précaution ses cartons de macarons et monte à bord.

Bougon et sous pression, son chauffeur tempête :

– Maudits bouchons, on risque d'être en retard à l'aéroport avec tous ces camions !

Gaston comprend qu'il va devoir prendre l'avion. Dans son costume bien repassé, le pâtissier se pose plus d'une question : va-t-il s'envoler pour Dijon ou pour Toulon ? Ou beaucoup plus loin vers le Japon ?

Mais non ! L'avion plane au-dessus des nuages blancs comme des flocons. Puis il survole la Manche et ses voiliers flottant tels des ballons.

Une demi-heure après, Gaston atterrit au milieu de coquets pavillons.

– Bienvenue à Londres ! lui annonce son nouveau conducteur. Go !

Le taxi de Gaston fonce dans le tourbillon de la circulation. Il s'arrête enfin devant un vaste château protégé par des canons.

– Vous êtes arrivé à destination ! déclare un garde, son bonnet en poils d'ours bien sanglé sous son menton.

Sur le perron, une dame très chic en tailleur rose bonbon accueille Gaston. Intimidé, le pâtissier lui tend ses macarons aux lardons et au saucisson.

Avec un léger accent, mélodieux comme une chanson, l'élégante dame lui dit :

– Bravo pour vos créations, monsieur Calisson ! Je dois éviter le sucre avec mon diabète. J'ai donc hâte de savourer vos macarons salés. Vous prendrez bien une tasse de thé dans mon grand salon !

Saisi par l'émotion, Gaston pense à son cher Polochon. Si ce polisson le voyait, il ronronnerait d'admiration. Car plus de mystère : le roi des macarons vient de livrer la reine d'Angleterre !

Un tigre
dans la cuisine

ENTRAÎNE-TOI

À LIRE

Je lis des syllabes

1 *Lis chaque syllabe à voix haute.*

ta	ti	tu	ton	toi

2 *Lis ces syllabes de plus en plus vite.*

Je lis des mots

3 *Lis chaque mot à voix haute.*

tigre	tonnerre	table
toile	toupie	tempête

4 *Trouve 5 mots commençant par la lettre* **t** *.*

Je lis des phrases

5 ***Lis chaque phrase à voix haute.***

Gaston trouve un tigre dans son bol de lait tiède.

Le tigre teste ses griffes sur la toile cirée de la table.

Le chaton tente de tenir tête au tigre tyrannique.

6 ***Relis chaque phrase en tapant du pied quand tu entends le son t écrit t.***

Un tigre dans la cuisine

Ce matin, Gaston Calisson s'étire sous sa couette bleu turquoise et bâille :

– Quel bonheur de faire la grasse matinée après une semaine de travail !

Encore tout titubant de sommeil, le petit pâtissier se lève et va dans sa cuisine.

Là, il se prépare un bon bol de lait tiède avec des céréales. Il tourne sa cuillère dans son bol. Mais, ça alors ! Un tigre pointe son museau au milieu des pétales dorés. Gaston sourit : c'est juste une figurine en plastique. Et hop ! La voilà qui tournicote telle une toupie dans le lait.

Soudain, Gaston tressaute quand il entend le félin rugir :
– Il est huit heures trente ! Oust ! File terminer ta commande de macarons aux tomates confites.

Autant étonné qu'agacé, Gaston lui répond du tac au tac :
– Quel toupet ! Tu ne vas pas faire la loi, espèce de minus ! Nous sommes dimanche : aujourd'hui, je ne touche ni à mon tablier ni à ma toque, ni à mes ustensiles de cuisine. Je vais juste me beurrer des tartines avec du tarama et déguster un délicieux tiramisu !

Têtu, le tigre tonne :

– Ne me tiens pas tête, sinon à neuf heures, je me transforme en félin tout droit sorti de la forêt tropicale !

Alerté par le bruit, Polochon, tel une tornade, déboule dans la cuisine.

– Cesse de tourmenter mon maître, espèce de rikiki. Ici le seul vrai félin, c'est moi !

Roahhh ! Le tigre déteste qu'on le contredise ! À neuf heures tapantes, comme il l'avait annoncé, il se met à grossir à vue d'œil.

Bientôt, le fauve atteint une taille énorme. Il lisse ses fines moustaches et teste ses griffes sur la toile cirée de la table.

Puis il bondit sur le tabouret, toise Gaston et lui ordonne :
– Presse-moi un jus d'orange, il me faut mes vitamines ! Et coupe-moi trente-trois tranches de terrine !
Tremblant, Gaston sert au redoutable félin sa boisson et son repas.

Slurp ! Le tigre engloutit le pâté. Pas encore satisfait, il se trémousse et gronde :
– Pour mon dessert, apporte-moi treize tartelettes aux tourterelles !
Gaston n'aime pas tuer les tendres petits oiseaux, c'est trop triste. Alors, il cuisine des tartelettes aux lardons.

Affamé, le tigre ne se rend compte de rien. La peau du ventre bien tendue, il s'installe confortablement sur le canapé :

– Pendant que je regarde mon feuilleton à la télévision, Gaston, tu secoueras les tapis, et tu tondras la pelouse. Je voudrais m'y allonger pour faire la sieste.

Toi, Polochon, tu nettoieras les torchons et repasseras les tabliers de ton maître.

Polochon tempête :

– Ça ne va pas la tête ? Et puis quoi encore ? Je te rappelle qu'il est totalement interdit de maltraiter les animaux !

Mais il suffit au tigre de retrousser ses babines pour que Polochon se fasse tout petit devant lui.

Quand la journée se termine, Gaston et Polochon sont sans forces.
Le tyran, lui, est en pleine forme. Il crie à leur briser les tympans :
– Gaston, prépare-moi un jus de tortue, et que ça saute !
Le pâtissier épuisé n'en peut plus.
Il réfléchit au quart de tour :
– Je vais servir à ce toqué une tisane au tilleul avec un bon somnifère pour qu'il se taise enfin.

Mais fatigué, le pâtissier se trompe de tasse. Tchin, tchin ! Il boit d'un trait la tisane, titube jusqu'à son lit, et plof ! tombe endormi sur sa taie d'oreiller.

Le lendemain matin, Gaston s'étire sous sa couette bleu turquoise. Puis il rejoint son taquin Polochon dans la cuisine et bâille :

– Cette nuit, j'ai fait un terrible cauchemar : toi et moi, nous étions les valets d'un tigre !

Mais quand le pâtissier et son chaton s'installent à table, chat alors ! ils n'en croient pas leurs yeux : près de la boîte de céréales, une figurine de tigre les regarde. Oui ! un félin prêt à rugir plus fort que le tonnerre…

À TOI DE JOUER

Ton défi quiz

1 ***Pourquoi la commande de macarons paraît-elle étrange à Gaston ?***

- Parce qu'elle est passée par téléphone.
- Parce qu'elle contient des macarons salés.
- Parce qu'elle est faite tôt le matin.

2 ***Qui est la mystérieuse personne qui a commandé les macarons ?***

- Un chauffeur de taxi.
- Un garde londonien.
- La reine d'Angleterre.

3 ***À quelle heure le tigre se transforme-t-il en véritable fauve ?***

- À neuf heures.
- À neuf heures et quart.
- À onze heures.

4 ***Que fait Gaston avec la tisane qu'il a préparée ?***

- Il la fait boire au tigre.
- Il la boit à la place du tigre.
- Il la verse à Polochon.

5 ***Et toi ? Si tu avais été à la place de Gaston, qu'aurais-tu fait pour te débarrasser du tigre ?***

À TOI DE JOUER

Ton avis de lecteur

Bonjour, cher lecteur ! Et si tu me disais ce que tu as pensé de mon histoire ?

Mymi Doinet

Tu as aimé l'aventure de Gaston ?

- Un peu
- Beaucoup
- Passionnément
- À la folie !

Ton personnage préféré, c'est…

Gaston

Polochon

La reine d'Angleterre

Le tigre

Ton passage favori, c'est quand…

- Gaston arrive au palais de la reine d'Angleterre.
- Le tigre s'installe sur le canapé en donnant des ordres.
- Gaston boit la tisane à la place du tigre.

RÉPONSES Ton défi quiz

1. Parce qu'elle contient des macarons salés.
2. La reine d'Angleterre.
3. À neuf heures.
4. Il la boit à la place du tigre.

N'hésitez pas à nous faire part de vos suggestions et attentes en écrivant à **contact.colibri@editions-belin.fr**

Colibri
l'ami des DYS

Dans la même collection

Niveau 1

Niveau 2

Niveau 3

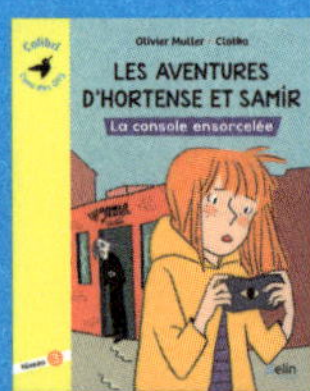

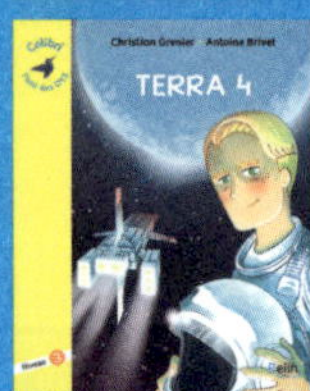

Niveau 4

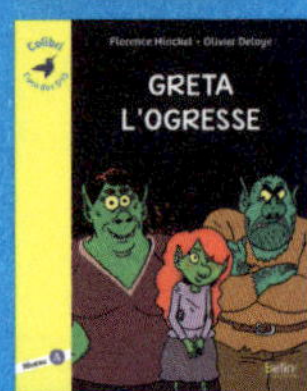